O mundo é grande

CARLOS DRUMMOND DE ANDRADE

Ilustrações de RAQUEL CANÉ

O mundo é grande

CARLOS DRUMMOND DE ANDRADE

Ilustrações de RAQUEL CANÉ

1ª edição

CONSELHO EDITORIAL
Afonso Borges, Edmílson Caminha,
Livia Vianna, Luis Mauricio Graña Drummond,
Pedro Augusto Graña Drummond,
Roberta Machado, Rodrigo Lacerda
e Sônia Machado Jardim

ILUSTRAÇÕES E PROJETO GRÁFICO
Raquel Cané

CIP-BRASIL. CATALOGAÇÃO NA PUBLICAÇÃO
SINDICATO NACIONAL DOS EDITORES DE LIVROS, RJ

A566m

Andrade, Carlos Drummond de, 1902-1987
   O mundo é grande / Carlos Drummond de Andrade ; ilustração Raquel Cané. - 1. ed. - Rio de Janeiro : Record, 2023.

   ISBN 978-65-5587-683-3

   1. Poesia. 2. Literatura infantojuvenil brasileira. I. Cané, Raquel. II. Título.

23-83244   CDD: 808.899282
             CDU: 82-93(81)

Gabriela Faray Ferreira Lopes - Bibliotecária - CRB-7/6643

Carlos Drummond de Andrade © Graña Drummond
www.carlosdrummond.com.br

Texto revisado segundo o Acordo Ortográfico da Língua Portuguesa de 1990.

Todos os direitos reservados. Proibida a reprodução, armazenamento ou transmissão de partes deste livro, através de quaisquer meios, sem prévia autorização por escrito.

Direitos exclusivos desta edição reservados pela
EDITORA RECORD LTDA.
Rua Argentina, 171 - Rio de Janeiro, RJ - 20921-380 - Tel.: (21) 2585-2000.

Impresso no Brasil

ISBN 978-65-5587-683-3

Seja um leitor preferencial Record.
Cadastre-se no site www.record.com.br
e receba informações sobre nossos
lançamentos e nossas promoções.

Atendimento e venda direta ao leitor:
sac@record.com.br

EDITORA AFILIADA

O mundo é grande e cabe

nesta janela sobre o mar.

O mar é grande e cabe

na cama e no colchão de amar.

O amor é grande e cabe

no breve espaço de beijar.

nesta janela sobre o mar.

O mar é grande e cabe

na cama e no colchão de amar.

O amor é grande e cabe

no breve espaço de beijar.

nesta janela sobre o mar.

O mar é grande e cabe

na cama e no colchão de amar.

O amor é grande e cabe

no breve espaço de beijar.

nesta janela sobre o mar.

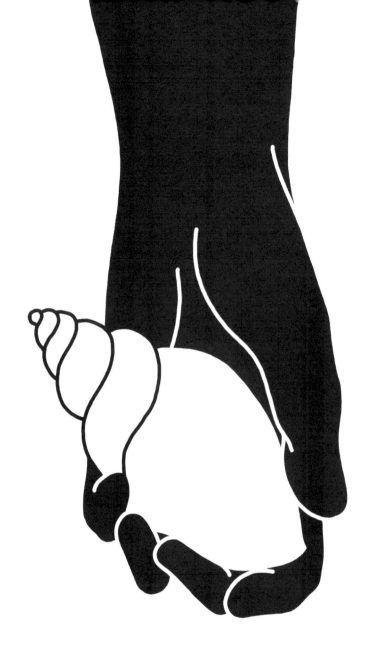

O mar é grande e cabe

na cama e no colchão de amar.

O amor é grande e cabe

no breve espaço de beijar.

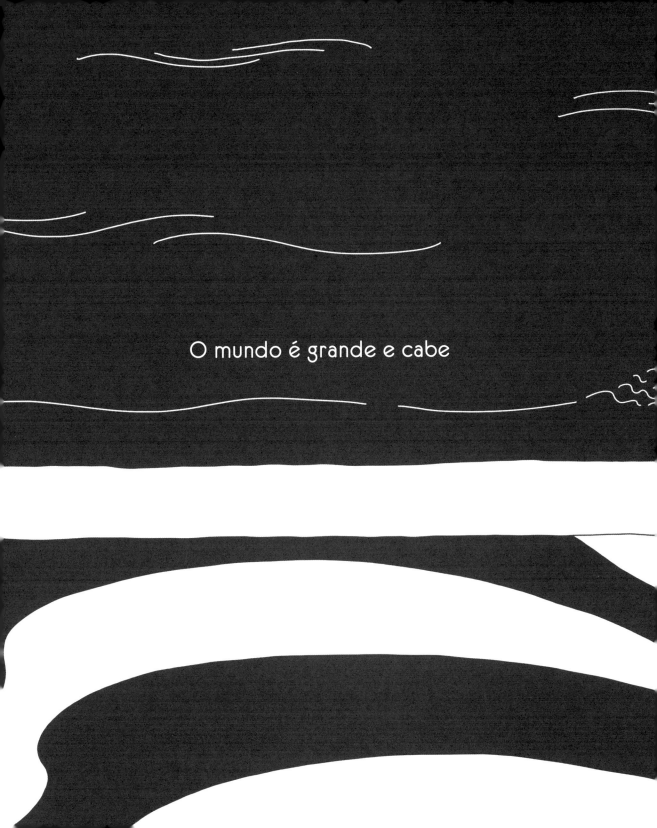
O mundo é grande e cabe

nesta janela sobre o mar.

O mar é grande e cabe

na cama e no colchão de amar.

O amor é grande e cabe

no breve espaço de beijar.

CARLOS DRUMMOND DE ANDRADE nasceu em Itabira, Minas Gerais, em 1902. Foi poeta, cronista e contista, firmando-se como um dos maiores nomes da literatura brasileira do século XX. É autor de clássicos como *Alguma poesia*, *Brejo das almas*, *Sentimento do mundo*, *Claro enigma*, *Fazendeiro do ar* e *Fala, amendoeira*. Faleceu no Rio de Janeiro, em 1987, aos 84 anos.

RAQUEL CANÉ

nasceu em Santa Fé, Argentina, em 1974. Estudou Design Gráfico na Universidad Nacional del Litoral. Atuou como assistente de direção de arte na revista *Rolling Stone* e como diretora na editora Ediciones B. É designer de capas de livros para a Penguin Random House e autora dos livros ilustrados *Sou eu*; *Nina*; *El señor de los sueños*; *Sopa*; *El libro del miedo*; *Calesita*; e *Barba Azul*; e dos livros de poemas *Cartas a H.*; *El aprendizaje*; *Palabras elementales*; e *Piedra*. Ilustrou os livros *Cómo nacieron las estrellas*, *La vida íntima de Laura* e *Casi de verdad*, de Clarice Lispector; *O elefante*, de Carlos Drummond de Andrade; *Ana y la gaviota*, de Carolina Esses; *Mara*, de Paula Bombara, entre outros. É mãe de Panchi e Serena.

Este livro foi composto na tipografia Eurofurence, em corpo
20, e impresso em papel offset na Gráfica Santa Marta.